O VELHO SÁBIO

Editora Appris Ltda.
1.ª Edição - Copyright© 2025 dos autores
Direitos de Edição Reservados à Editora Appris Ltda.

Nenhuma parte desta obra poderá ser utilizada indevidamente, sem estar de acordo com a Lei nº 9.610/98. Se incorreções forem encontradas, serão de exclusiva responsabilidade de seus organizadores. Foi realizado o Depósito Legal na Fundação Biblioteca Nacional, de acordo com as Leis nᵒˢ 10.994, de 14/12/2004, e 12.192, de 14/01/2010.

Catalogação na Fonte
Elaborado por: Dayanne Leal Souza
Bibliotecária CRB 9/2162

H698v 2025.	Hoff, Maria Izabel Cézar O velho sábio / Maria Izabel Cézar Hoff. – 1. ed. – Curitiba: Appris, 59 p. ; 21 cm. – (Geral). ISBN 978-65-250-7071-1 1. Sabedoria. 2. Caminhada. 3. Histórias. I. Hoff, Maria Izabel Cézar. II. Título. III. Série. CDD – 800

Appris editorial

Editora e Livraria Appris Ltda.
Av. Manoel Ribas, 2265 – Mercês
Curitiba/PR – CEP: 80810-002
Tel. (41) 3156 - 4731
www.editoraappris.com.br

Printed in Brazil
Impresso no Brasil

Maria Izabel Cezar Hoff

O VELHO SÁBIO

Curitiba, PR
2025

FICHA TÉCNICA

EDITORIAL	Augusto V. de A. Coelho
	Sara C. de Andrade Coelho
COMITÊ EDITORIAL	Ana El Achkar (Universo/RJ)
	Andréa Barbosa Gouveia (UFPR)
	Jacques de Lima Ferreira (UNOESC)
	Marília Andrade Torales Campos (UFPR)
	Patrícia L. Torres (PUCPR)
	Roberta Ecleide Kelly (NEPE)
	Toni Reis (UP)
CONSULTORES	Luiz Carlos Oliveira
	Maria Tereza R. Pahl
	Marli C. de Andrade
SUPERVISORA EDITORIAL	Renata C. Lopes
PRODUÇÃO EDITORIAL	Adrielli de Almeida
REVISÃO	Camila Dias Manoel
DIAGRAMAÇÃO	Andrezza Libel
CAPA	Eneo Lage
REVISÃO DE PROVA	Daniela Nazario

É com o coração cheio de satisfação e amor a todos os amigos, familiares e a vocês leitores que vão conhecer um pouco de minha alegria, que neste momento venho oferecer o que tenho aprendido através de todos esses anos de minha vida dedicada às pessoas, isto faz minha vida sorrir!

AGRADECIMENTOS

Agradecer é o momento de recordar que a vida me ensinou sobre o carinho pelos amigos e desconhecidos, não esquecendo de quem participou direta e indiretamente do início do reconhecimento, que incentivou meu imaginário tornando possível transformar as ideias, moldando com dedicação e sentindo o calor que vinha de todos os familiares e amigos. Este livro é o resultado de tudo que aprendi com meu pai e com sua experiência de quando vivia nas matas trazendo, além dos alimentos, suas estórias fantásticas. Hoje sou muito agradecida a ele por poder compartilhar com vocês as histórias que colaboraram para eu ser a escritora que sonhei ser!

Caminhando encontrei um Velho Sábio e admirei sua expressão, parecia transmitir que o mundo precisa de suas estórias para se corrigir, e assim as crianças poderiam sorrir!

Maria Izabel Cezar Hoff

FALA AO LEITOR

É com carinho e agradecida que entrego esta obra para você, leitor, que se completa pelo seu olhar traduzindo minhas palavras com seu jeito de absorvê-las, levando-as para sua imaginação de acordo com seus sonhos. Sendo um grande entusiasmo para o escritor, que assim como eu, ama passar a própria história, seus poemas e todas as suas reflexões, com honestidade e respeito por você, leitor!

Esta história é em forma de conto, mas não se resume somente em conto; é dos vários acontecimentos mesclados desta vida, motivo que narro mencionando as experiências que me fizeram crescer! Gostaria que essa experiência fosse parar nas mãos dos jovens adolescentes, tenho um forte desejo de ajudar esses meninos e meninas a cuidarem de sua integridade física e espiritual, e a não se esquecerem de que a natureza merece seu respeito.

Neste livro, você poderá ver, no decorrer da narrativa, que ainda existem pessoas esperando amadurecer como frutos que estão na mente da juventude. Esses jovens e adolescentes têm tudo para se assimilarem a uma boa educação, saberem ouvir a súplica dos mais vividos, como o Velho Sábio. Pois reconsidere: sei que uns não vão se dar a oportunidade de fazer parte de aprendizado algum, mas, no meu pensamento intuitivo, acredito que, na proporção de nossa sociedade, haverá um número que ouvirá e será educado com carinho, colorindo os jardins, aguando as flores que as famílias vão colher e guardar para sempre como seus filhos que foram cultivados no coração. Meu intuito é passá-lo para todos como se fosse uma mágica vinda do coração, com boas sementes para as gerações futuras...

APRESENTAÇÃO

Este livro é a união de tudo que a vida nos ensina, esse personagem é bastante persistente em relação às suas conquistas. Acreditando e caminhando sem se cansar, com a ambição de colaborar com o mundo, jogando mensagens de amor fraterno e desejando ensinar aos mais jovens a respeitarem a natureza e se prevenir para ter uma vida mais sadia. O Velho pede aos pais para acrescentar na educação de seus filhos, aproveitando as experiências e aprendizado dos mais velhos! A luta é intensa e precisa de muita dedicação, pois os jovens apreciam as coisas pragmáticas, para eles é tudo mágico, na realidade estão na fase de querer satisfazer os desejos que serão complementados pelos falsos modelos, aquele que surgir e se destacar. O desejo de Jonatas é incansável, mexer com a mentalidade das crianças e dos adolescentes e, assim, salvar uma parte da humanidade! Aqui ficamos a pensar: será que o velho Jonatas está com a razão? Suas experiências podem salvar essa nação?

Nesta obra, quero também apresentar a vocês o que aprendi com as dificuldades de quem nascia num lugar distante da civilização. Eu fui uma dessas pessoas, e tive o privilégio de amar a família e a natureza! Meu pai era um lutador, cheio de créditos com Deus por sua compreensão e respeito pela natureza. Estou expressando aqui a fonte das minhas ideias, aquelas noites em que meu pai e os caçadores traziam das matas as caças e suas estórias!

Estes são os motivos deste livro, passar para os meus queridos leitores minha trajetória de 86 anos, no intuito de ser útil e fazer algo pela minha terra. Só saí do lugar de onde nasci para ir procurar uma escola, pois sonhava em ser professora, e consegui! Me tornei educadora e profissional da psicologia!

Neste momento, entrego a vocês esta obra que não é só minha, é de todos que veneram a antiguidade e os valores que nem o tempo apaga...

SUMÁRIO

INTRODUÇÃO.. 17

CAPÍTULO 1
EM BUSCA DA VERDADE.. 19

CAPÍTULO 2
ESTÓRIAS DE VIDA...33

CAPÍTULO 3
ENCONTRO DE IDEIAS.. 55

INTRODUÇÃO

Neste livro você irá encontrar falas regionais do povo caipira vivido por volta da década de 1940. É importante salientar que as narrativas aqui estudadas foram transcritas de modo a manter o estilo de linguagem da região serrana do interior do estado de São Paulo, município de Lagoinha. Foram registradas numa linguagem tradição oral aprendida no convívio social e utilizada por uma comunidade iletrada.

Quero que o leitor possa conhecer um pouco do imaginário do caçador contador de estórias e que possa entender um pouco da vida e da visão de mundo dele. Acredito que, por meio das narrativas de assombração, o leitor compreenderá o universo do caçador, que tanto desfruta da tranquilidade da natureza quando enfrenta as tormentas do mundo dos fantasmas e trava uma luta interior. Essa é a forma pela qual o caçador busca sua realização coletiva e pessoal.

Desejando ser fiel às palavras do caçador, transcrevo a seguir um depoimento que poderá melhor revelar as imagens que lhe povoam a imaginação:

"Eu vou contar uma coisa pro cê: que esse mundo é muito bão!

Óia, que já vivi bastante. Os meu amigo me respeita muito. Eu nunca feri ninguém, quando entrei na briga foi pra separá, mai, graça a Deuso, assim que eu tirava o facão da bainha, o cabocro desaparecia... parecia que era Deuso que empurrava ele pra longe de mim, pra sarva de fazê bestera.

Por isso memo que falo pra todo caboclo, que a gente tem que vivê pensando em Deuso. Não despontá nunca. Memo sendo pobre, cê consegui vivê dentro dos princípio que Deuso dexô!"

Para eu contar a história dos caçadores na floresta, não foram apenas as estórias contadas que usei como base: conheci um por um deles, juntando os cachorros farejadores que iam pelo mato, pelas grutas e tocas; eram pioneiros, e isso me causa um entusiasmo que espero transmitir para vocês!

CAPÍTULO 1

EM BUSCA DA VERDADE

Um velho sábio saiu à procura de alguém para o aconselhar. Havia uma dúvida em seu pensamento, era sério, precisava tirar uma dúvida para se questionar sobre a forma de um mundo mais igualitário, que servisse para todos os níveis de pessoas, não se importando com número, gênero e raça diferentes. Foi caminhando cada vez mais longe de onde havia saído... Já estava cansado, pois era um idoso pensador que necessitava de ajuda para continuar pesquisando coisas da alma e do coração; sempre achando que o homem tem dúvida em relação a seus órgãos vitais para viver na sua plenitude... Mas há dois que se responsabilizam pelos demais órgãos: a mente e o coração. Esses dois precisam se relacionar bem, para haver equilíbrio e serenidade; para ter atitudes com carinho e pensar no controle das ideias para levar para o coração, distribuindo-as com emoção e suavidade.

Imagina-se que o cérebro leva o pensamento até a alma, e a alma leva o pensamento ao coração fazer sua missão, selecionar palavras, tons e verdade cheia de paixão, para amenizar o impulso de suas decisões que ferem os seres que vivem da alma e do coração, com o pensamento envolvido na lei da natureza.

Estando próximo a uma porteira na estrada, encontra um adolescente, e pergunta:

— Menino, sou um velho que deseja acertar o mundo, mas apenas comigo não encontro solução. Me responda, meu querido, o que posso fazer, do que o mundo precisa? De um coração humano ou uma alma que vive estruturando o pensamento...?

O menino responde:

— Eu não conheço e nem ouvi falar em alma e coração. Vá procurar outro!

Lá vai o pensador, mais cansado e pensando "Escolhi uma tarefa quase impossível, não vou perder a esperança!" Olhou para a estrada tão longa, mais uma vez falou consigo mesmo: "Serei forte, porque vou até o fim em busca da resposta que nasceu dentro de mim!"

Esta fase da vida é cheia de encantos e busca confirmação. Pedindo aprovação de atitudes que vem no lampejo de entusiasmo, almejando chegar perto da resposta que pode dar entusiasmo, esse jovem está curioso por outras coisas que vejo com meu olhar e não com o seu olho, e o jovem responde:

— Sabe, senhor, você quer saber aquilo que não chegou a minha hora de conhecer, não deu tempo, eu nem prestei atenção nas flores, elas florescem e nem percebi o colorido; e mais: tenho que escolher alguém que possa seguir comigo, aproveitei tanto seu ensinamento! Se essa estrada nos ensina tudo, já pretendo iniciar meus primeiros passos, e gostaria de levar alguém comigo, assim como segurança até o fim! A verdade é que no transcorrer desta bela vida temos de presente variedades de acontecimentos e que a alma espera encontrar a luz que vence todos os obstáculos das noites escuras, e ver que há mistérios debaixo das águas do mar... Luz como a das estrelas no firmamento, com uma distância incalculável, mas reflete aqui no chão cheio de areias brancas como se fosse a paz clareando a mente, e enfeitando o coração!

Encantado, o velho abaixou a cabeça e disse:

— Meu jovem, você devolveu a minha força, estou pronto a insistir nessa devoção em trazer para todos a graça de sermos prestativos e amantes de nossos deveres. Deveres que temos para conseguir, seja do tamanho que for; não se pode desistir do que prometemos para o futuro. Ele é a base de todos os itens de nossa prestação de contas. Seguir sem fuga, sem pressa e sem perder a fé! Foi uma grande satisfação falar com você, será minha bússola, seguirei leve conduzindo essas sementes que tive a sorte de colher das flores de seu jardim. Sempre haverá sementes... é como o coração dos pais: de tanta dor, abre para o perdão! Assim são os jardins dos pais que têm cuidado: lá aparecem os botões.

O VELHO SÁBIO

Assim, matutando, o velhinho disse para consigo mesmo: "Pelo jeito estou ficando envaidecido pelas fontes de conhecimento que Deus está pondo nesta peregrinação, tudo que ainda faltava para um velho como eu... Cheguei mais perto de Deus, nada mais precioso que ouvir e sentir que estamos na estrada seguindo sem recriminar os mandamentos que foram, e são, a meta como indicação do destino aqui neste mundo. Esse destino cheio de mistério que dizem ser sorte para uns e azar para outros! Vamos dizer que depende de cada um de nós; é como pegar um mapa e seguir tudo ao inverso, não olhar nos traços indicados, depois se perder na mata fechada, e às vezes até fica ilhado e sem saída... A frase mais repetida neste momento de desespero é 'Deus não gosta de mim'. Ele gosta imensamente de você, mas você não respeita as leis divinas, e muito menos as responsabilidades que precisa ter, começando pelo pensamento; como conquistar caminhos sem preparar os olhos para a escuridão? Temos que ter consciência: para isso, é de grande valor pensar antes de entrar no barco da vida. Sendo uma tarefa necessária refletir e ser consciente de que pouco sabemos do trajeto misterioso que é o viver... Viver não é uma festa todos os dias, são variedades de fatores que mexem com o sentimento do ser humano, sem falar dos entendimentos que cada pessoa interpreta de maneiras completa- mente diversificadas, como se fossem as cores que temos da própria natureza, como verde, azul, amarelo e vermelho. O verde saiu das matas; o azul do céu; o amarelo do sol; e o vermelho da vida! O verde simboliza a esperança, a fé e a confiança no futuro plantando e colhendo. O azul é o manto da Virgem Maria, a cor semelhante ao céu por ser a rainha Mãe do Filho, Espírito Santo para salvar os homens bons e maus; Jesus morreu na cruz para salvar, ou melhor, dar exemplo de perdão e amor aos filhos, e poucos conseguem levar a grandeza da vinda do Criador para os homens seguirem um pouco do que Jesus celebrou. Esse pouco de todos os filhos seria bastante para Jesus. O amarelo é o brilho do sol para nascer em nossos corações, e seu calor fazer as sementes germinarem para nutrir a fome de seus filhos. Vermelho é do sangue que corre em nossas veias com a responsabilidade de circular constantemente, para não faltar oxigenação para a vida fluir. Ao fazer essa analogia, me vem à mente que poucos dão sentido de onde surgem as cores, sendo tão ricos os coloridos formados por essas cores através da química. Imagino que, quando as perguntas surgem em nosso pensamento, ficam registradas na memória em longo prazo, e a todo minuto vem à tona as perguntas... Por acaso são mensagens divinas, e só o Criador de todos os movimentos existentes nesta terra poderá explicar o segredo que a nossa memória guarda, e não descansamos até encontrar a resposta, para nossa alma ficar limpa e fazer a vontade do Pai..."

Caminhando sem perder tempo, parava somente para cumprir as necessidades vitais, pois precisava se manter vivo e firme para seguir sua missão... Nem percebeu que havia um casebre do lado esquerdo. Ele falou: "Vou chegar ali!" E o fez.

Os cachorros vieram ao seu encontro, não teve medo; a oportunidade de satisfazer um pouco de sua pergunta estava ali. Feliz, viu uma senhora de meia-idade que lhe pergunta:

— O que o senhor deseja?

Ele responde:

— Senhora, perdoe este velho que se encontra aqui, peço de alma e coração para a senhora me responder a uma pergunta. De repente, pode estar aqui a resposta de minha tarefa aqui na terra! O que é mais importante para a vida e para termos um mundo mais humano? É o coração ou a alma que conecta com Deus para desenvolvermos o pensamento e a lucidez para o mundo se completar na igualdade dos princípios divinos?

Então ela responde:

— Eu estou no meio da estrada, o senhor parece estar bem evoluído pela sua caminhada. Não sei se consigo te ajudar, mas vou dizer o que aprendi até hoje. Resumindo, tudo é importante, mas de coração posso dizer quanto o senhor vai ter que caminhar para poder ficar tranquilo para com Deus... já que gosta de ser justo. O coração domina a nossa alma, este coração que se encontra em meu peito já foi apertado, já foi dilacerado e hoje está sem prazer

de nada! *Parece que não vai suportar até o fim da estrada, aquela que Deus me destinou; então veja: estou na dúvida e não sei se vou conseguir ajustar as coisas que meu pensamento confabulou com a alma. A alma chora e pede ao pensamento coisas lindas, mas impossíveis de a gente poder dar forma, forma a todas as mensagens vindas através do pensamento.*

E ele responde:

— O pensamento é responsável pelas nossas atitudes, e o coração é o que deve analisar com carinho o que a alma nos envia. É hora da sabedoria, chega o momento da maior batalha entre a alma e o coração! Se não chegarmos até o final de nossa estrada, não encontraremos esse sábio ou sábia que reside no topo da montanha...

E ela disse:

— Não tenho mais nenhuma frase para ajudar em seu caminho...

O velhinho, cheio de energia, coração valente, alma prudente, saberia com paciência chegar ao que continha sua resposta... É por esse motivo que o senhor, já pensando no fim de sua caminhada, não conseguiu se acomodar e esperar sem procurar mais alguns detalhes dessa tão famosa e grandiosa estrada que ensina a alma e o coração a decifrar os coloridos das cores primárias.

"Oh, Deus! Como já vivi bastante e respeito tudo que a vida me mostrou, é pouco ou eu estava fora da realidade, ou foi lento meu jeito de ver e entender as belezas e trazer comigo os valores dos prestígios que o mundo me oferecia? Agora sim, me encontro como um ser humano e cristão de verdade. Pode ser que ainda me engane pela minha ambição de conhecer mais, parece que me vejo incompleto. O dia já clareou... vamos, meu velho companheiro de todos os dias, esse velho cheio de perguntas sem respostas que vive comigo é bem idêntico a mim! Desconfio às vezes; acho que estou sendo envolvido por suas ambições de querer ir muito longe. Vamos seguindo, eu não pretendo brigar com ele, vejo que me entende e cada ano que passa me sinto mais próximo de me convencer de que ele tem algo guardado secretamente, e que ainda não é

o momento de ser revelado. Respeito: é o que não falta com esse amigo que me mostra grandiosa generosidade comigo. Imagino não ser prazeroso para ele, mas acho que tudo que faz, para me dar essa companhia sem se cansar, é a vontade de ver até onde vou com essa energia e conduta de fé, sem esmorecer, é tudo sagrado para meus confrontos, tenho que enfrentá-los devido a esse meu desejo em descobrir algo mais que abasteça meus sentimentos de chegar mais próximo dos ensinamentos que Deus deixou para o homem ir filosofando no universo".

Seguiu seu caminho, e se encontrou chegando a uma pequena cidade, parecia ter visto uma novidade, e falou:

— Bom dia! Vive por aqui? É um lugar bom para se viver?

O andarilho lhe respondeu:

— Sim, senhor, estou de passagem, não fico preso às coisas de lugar algum! Eu também estou constantemente andando e faço com alegria a vida de andarilho!

O velho diz:

— Que coisa boa, podemos seguir um ao lado do outro como companheiros leais no desejo de juntar as nossas faltas. Sempre temos o que oferecer e receber, nosso encontro foi encomendado pelas boas energias do mundo. Entendo as falhas que vou conhecer em você e você em mim, a grande coincidência ou uma sincronicidade de nosso encontro foi uma graça recebida, já estamos caminhando na mesma estrada e achando aquilo que falta em mim e pode estar sobrando em você! É motivo de comemoração, eu na procura das verdades que só quem passa sabe me informar, e você caiu do céu, como dizem as pessoas que neste mundo vieram fazer sua parte, amenizar os desvios do mundo, justamente o que busco. Gostaria de saber o que está em sua mente!

O andarilho diz:

— Olhe, estou tão cheio de entusiasmo, repare em mim e verá a paz que manifesta neste andarilho que escolheu viver em liberdade, conduzindo-se sem precisar olhar para trás. No desejo de voar a hora que desse vontade, abrir as asas e elevar-se sem rastro

O VELHO SÁBIO

e leve como uma pena que se solta dos pássaros quando sobrevoa no infinito das alturas. *Mas só seguindo o desejo podemos saber se o que planejamos vai chegar, e esse chegar percebi que vem de mim mesmo! Quanto mais eu avançar com dignidade e respeito pelo meu ser... serei ajudado pela minha perseverança, e percebo nestas palavras que você é uma dádiva divina que recebo, e quero ser uma bússola na sua companhia, facilitando sua modesta procura pela verdade e pela disciplina deste grande paraíso que Deus deixou para que os homens possam ter um guia de todas as horas, para não cometerem tantos erros impossíveis de serem absolvidos pela mente, pelo coração daqueles que recebem injúrias das mais criminosas ações que eliminam a vida...*

Jonatas diz:

— *Toque aqui nas minhas mãos, para sermos úteis com a finalidade de amar as dificuldades e entender as angústias sem reprovação, distribuindo ensino que nos ensina. Tudo pela vontade de aprender o que Jesus deixou através de sua caminhada de brilho e de verdade nas orações que alertam nossa alma para viver uma pequena partícula do que ele passou ao atravessar o deserto ouvindo a palavra do pai!*

Este é o desejo do velho sábio Jonatas e seu amigo da liberdade chamado Pedro... Estavam prontos para seguir com passos lentos e poderem apreciar as belas paisagens e os pequenos animaizinhos que mostram suas artes através de sua busca por alimentos e sentirem a delícia do calor e da brisa que vem de todos os lados desta mata sombria que encanta, ameniza e dá prazer para qualquer tipo de espécie de ser vivo, que só se completa recebendo da natureza nutrientes, e assim vai mantendo a vida com sabor e energia, fluindo para a luta prosseguir.

Assim os companheiros de estrada foram aproveitando as novidades, cada olhar é um visual que vibra a alma; eles se voltam um para o outro, e Pedro diz:

— *Jonatas, você vai topar tudo o que vamos encontrar?*

O velho responde:

— Sim! Por Deus, com ele e por ele, vou te ajudar a encontrar o que procura!

Caminharam por dias, mas a persistência era o fruto da conquista, já não sofriam pela fome e nem pelo frio. Tudo normal dentro do que haviam imaginado, em nome da vida; colaborar com o bem não é tarefa fácil.

Enxergar ou ver a real verdade não é para qualquer indivíduo. Portanto, quanto mais perto estavam, mais fantasmas apareciam a fim de tirar a beleza da obra que desejavam concluir: Jonatas sabia, e como sabia! Pedro confiava no seu ser, que não ouvia por ouvir, analisava as palavras minuciosamente, pois aí vinham as considerações, se eram válidas ou inúteis, para tê-las em sua mente. Sempre sigilosos, aguardando o que pudessem ouvir ou ver para não desperdiçarem o tempo precioso, principalmente em determinações tão nobres como esta, pura virtude divina, de desvendar o segredo infundável e inexplicável que é a alma e o coração. Jonatas mal traduzia o que estava florescendo suavemente, ele ouviu uns pequenos sons que vinham das matas que contornavam a estrada! Disse:

— Pedro! Ouça comigo!

Perguntou Pedro:

— Ouvir o que, amigo?

Jonatas diz:

— Afaste o que está ocupando sua mente e fique atento!

Pedro, meio assustado, reconheceu a voz de uma criança, mas não sabia como confirmá-lo. Ouvido atento, percepção ativa, soma sem perder o senso da intuição. Com curiosidade, e com o coração pulsando mais do que devia, toma rumo na direção dos pequenos estalos no mato, os quais ressoam os galhos e as folhas dos arbustos que são amassados enquanto pisa e avança para abrir passagem pela mata. O velho Jonatas pergunta:

— O que você vê?

Respondeu Pedro:

— Não sei, acredito que seja uma criança!

E foram juntos fazer o que era providencial. *Já que eles se uniram, seu encontro foi para somar o que havia se aprendido durante os anos que antecediam a essa dedicação do grande sonho que se traz consigo. De conhecer melhor e responder para seu interior exigente, persistente para desvendar esta procura para sua alma acalmar, estimulando uma fórmula de amor mais equilibrado, suave, leve como o vento, este que tanto apreciamos, que faz seu carinho e voa refrescando outras pessoas até chegar ao fim, e faz repousar para reiniciar sua tarefa de refrescar e trazer a paz. Esse refrescar é o conjunto do seguimento do que tanto Jonatas delira em saber, o que significa essa sonhada curiosidade da procura incansável, como se Deus tivesse pedido para ele trazer de volta a magia da paz ao mundo que se tornou desconhecido.* Mundo que Jonatas correu anos e anos sem pesar os perigos, sentindo-se forte como gigante em direção a outros tantos fantasmas.

Somente na divina confiança e na fé profunda é que todos podem vencer e dar a resposta para essa última cena que está próxima, apenas investigando os gemidos ou choramingos mais parecidos com os de uma criança. Num maior susto de perder o impulso de todas as suas energias fortalecidas pela capacidade do grande objetivo de concretizar sua devoção ao pai celestial, não é que, surpreendido, se viu em frente a uma criança desguarnecida de todos os direitos e deveres, com aparência devida e de amável sorriso de contentamento ao Jonatas? Aquela calma de olhar acariciante, barbas brancas, que traduzia um contraste aos seus dias abandonada naquela mata sombria, que prometia perigo e desprezo pela vida que levava lá! Sem esperança de entrar em contato com Jonatas e seu companheiro de confiança, as luzes foram vindas do céu e clareando sua vida e a do velho sábio Jonatas.

Ao fazer suas repetidas perguntas, Jonatas já estava desgastado pelo tempo que vinha sendo torturado pela sua imensa sabedoria... Ele queria poder informar ao mundo e ter paz na conscientização de poder ser prestativo para uma nova geração de dias mais firmes e calorosos, ofertando todos os encontros com as mais variadas verdades, das quais as pessoas fogem para não verem e não se machucarem, consigo e com o próximo.

Ao ouvir as passagens da criança, ele completou seu rosário de perguntas para o infinito, concluindo que a resposta que todos nós buscamos não encontramos, pois esta está em cada pessoa que se diz capaz de melhorar os conflitos que vem filtrando aqui para colher os frutos, mas sem ajudar e sem levar o menor respeito para com todos os seus irmãos que lutam na fé e na pureza... Jonatas e seu companheiro de estrada sentaram-se em uma grande pedra debaixo de uma árvore. Jonatas estava cansado, mas confiante de que tinha esta missão que era dele e de Deus!

Disse Pedro:

— Quero te ouvir: o que aprendeu nesta viagem?

O velho respondeu:

— Foi paralelamente que viajamos! Você com você mesmo, e eu comigo! Podemos dialogar com o desfecho dessa aventura sem tamanho, para nossa pequena existência no tempo...

Pedro levanta a cabeça, olha para o infinito, acaricia a pedra, admira a postura da árvore com troncos perfeitos, galhos e mais galhos, folhas verdes cintilantes deixando a vida de todos que passaram por ali com mais energia e vigor divino. E Pedro diz:

— Sabe, concluí que o real, nítido e verdadeiro é Deus, pois tudo faz parte dessa minha longa estrada. Imagina-se, mas não se diz nada antes de verificar, com o nosso bom senso, do que este mundo precisa para virar um paraíso, que foi a maior certeza desde o princípio até o fim!

Jonatas, arrepiado depois de tanta verdade, explicou:

— Meu companheiro invisível, hoje visível e resplandecente de luz, que clareou minha mente, tirando a dúvida que lançou em minha mente incansável de que até a alma se magoa e foge do corpo para se recuperar e se volta às maravilhas que existem, e os homens não conhecem!

Confirmando, Jonatas continua:

— Aqui se revelam todas as magias que escurecem a nitidez do enxergar de minha consciência e de todos que, como eu, desejam enxergar, mas a criança me entregou nas mãos da virtude de todos os segredos que os homens carregam sem desconfiarem de si mesmos... pois tudo que somos está contido em nosso interior, mas inconscientemente estamos perdidos numa realidade em que construímos castelos de dar inveja sem estrutura, e sem base alguma, prontos para desabar em qualquer um que sopre ao contrário. Assim são as fantasias que se usam para enfeitar e se iludir no teatro da vida...

Pedro diz:

— Eu não faço parte, segui desde o raiar do primeiro sol, não escolhi, fui me soltando como um pássaro cuja mãe foi buscar o alimento e cujo caçador acertou e lá ficou. É triste não conhecer a mãe, mas a recompensa é saborosa, ver, sentir e avaliar passo por passo sem vontade de dizer adeus, querendo aprender mais além do que a vida nos ensina...

Jonatas, cabisbaixo, barbas longas chegando aos joelhos, cujos fios quase poderiam aquecer as mãos... como os fios de algodão, quebra o silêncio da dupla de pensadores. A pedra servindo de assento; e a árvore, de proteção, afastando os raios de sol que davam calor à terra naquela manhã de verão!

Aqui se encerra apenas mais uma das tantas vidas que viveram e vivem para pensar um mundo menos conflitante e mais consciente do que se é permitido, e que é de bom senso ser esclarecido sem medo de se expressar, deliberadamente com os anseios vindos do âmago de cada ser... Era o fruto da resposta que Jonatas buscava, de tudo que vivera, e com certeza desejava ampliar sua sabedoria, resposta que neste exato momento ele encontrou com a criança, aquela que acompanhou seus trajetos floridos e espinhosos, com o vigor de tudo que dá a nossa criança eternizada: o brilho para as artes que a vida joga todos os minutos como se fosse tentação, aquele fantasma cheio de astúcia, dando ideias e nos confundindo e dispersando da realidade. Sejamos um Jonatas, que não deixou sua criança em vão, protege-a e leva a semente sempre para novas viagens. Nada termina como se fosse de um a dez! Tudo se reinicia, volta a ser zero e um, é só se concentrar para aplaudir o espetáculo que a vida vai aperfeiçoando sem que nos demos conta disto, sendo um processo eternizá-la! De uma dessas surpresa quero te falar, de quando somos atrevidos e cheios de entusiasmo na busca de nossos objetivos, como Jonatas, que se entrega sem preocupar com o que possa encontrar, ele está querendo a todo preço conhecer as pessoas e tirar-lhes da boca palavras que podem salvar ou enfraquecer as maravilhas de que o mundo é abastecido: a natureza... É uma luta interior mexer com o inconsciente coletivo consigo mesmo, agora imagine querer se aprofundar no inconsciente coletivo... Se o eu de Jonatas está cheio de perguntas para as quais nunca encontrou resposta, se está viajando há anos de barba branca e membros cansados, está também confiante em sua memória e em sua fé, as quais traz com a criança meiga, amável e cheia de vida.

A mesma que, abandonada pelo mundo externo, não perdeu sua essência, envolvida na paz e no equilíbrio; poderia e pode passar invernos e mais invernos sem o frio esmorecer sua jovialidade, vinda de uma luz que ilumina os olhos de quem tem a felicidade de conhecê-la, ou de fazer parte desse seu mundo, que é único! Que é partilhado com quem busca penetrar nos esconderijos secretos para extrair, ou melhor, absorver na mente e conduzir o sentimento até o coração, e traduzir mensagens e espalhá-las como flores para serem entendidas suprindo o ser humano de respeito consigo mesmo... É, como o amigo Jonatas, estou acreditando que vale a pena! Você viajou sem se esquecer de seu esconderijo, seu conforto, de tudo que já ouviu e viu: vá sem medo do estranho. É no escuro que podemos perceber melhor o conhecimento que nossa alma reserva, é uma reserva de pureza e humildade.

Por onde passar, sendo dia ou noite, não importa se está claro ou escuro, quando a pessoa tem certeza do aprendizado que veio do pedido do grande mestre, que é a mente... A mente sadia se torna sagrada e iluminada, edificada pela experiência, que, como *luz*, servirá para todos os viajantes que sonham igual Jonatas sonhou! *E acredito que Jonatas não pretende parar com suas perguntas, pois elas sustentam sua energia, que para ele se resume em viver... Podemos perceber que ele se abastece na busca do conhecimento. Ele é incansável, ele mesmo reconhece a fúria que existe dentro dele! É como um mar com ondas altas, um céu cheio de estrelas, e, se fossem matas, deveriam alcançar as nuvens... Como se fosse pequeno para desvendar todos os mistérios em suas caminhadas, ele voa e voa sem pesar as asas que Deus lhe deu como prêmio, essa fortuna que ninguém vai levar, somente ele vai deixar; quem apreciar poderá embarcar e ter como fonte o aprendizado que Jonatas fez e faz questão que possa ser aplicado por todos como ele, um eterno deslumbrado pela verdade. Se querem ser um Jonatas, sigam sem temer as estradas...*

CAPÍTULO 2

ESTÓRIAS DE VIDA

Olhe, vou contar para você uma estória... Mas existem estórias e histórias! Se a gente pensar, todos têm uma história, pois é só nascer que a história começa. Agora, há aqueles que não percebem a própria vida e ficam só a olhá-la, ou a usá-la como exemplo. Pensando bem, gosto de transmitir para o mundo passagens de pessoas que souberam viver sem perder o equilíbrio, como aquele malabarista no circo que gira nas alturas como arte para a plateia sorrir, emocionar-se e até fechar os olhos por medo; mas ele confia, executa e recebe seus merecidos aplausos. Isto é vida harmônica, ele se arrisca, mas conta sempre com o sucesso, na esperança de que assim se faz a vida! Acreditando e sendo feliz...

Faz de sua luta um ensinamento com galhardia sem fuga, sem tristeza e guerreando junto de outros que vão se espelhando nesse artista de uma persona admirável e determinada, sem dificuldade de seguir os caminhos que levam em todas as direções como se fossem ondas se jogando até a praia, sendo invisível a qualquer transformação do mar...

Assim é esta estória que escrevi, e acho fabulosa para você adquirir conhecimento! Eu gostei e estou amando poder levá-la até o presente momento; o que enfrentei nos olhares, ficou no silêncio! Escolhi navegar em uma grande viagem no tempo que não parou e não vai parar agora; mais do que nunca, o tempo vai ser precioso para você desviar da mente algo importuno e mergulhar nas águas profundas deste mar misterioso que alguém viveu e vive quando reconhece a Deus em tudo que visualiza nesta terra abençoada!

Jonatas está bem velhinho, com a barba branquinha como algodão, dando um ar de serenidade... Vemos Jonatas a contemplar o sol, que vem deslizando pelo morro e aos poucos vem se aca-

lentando e clareando nossa mente, que está desejando despejar o que temos guardado como se estivesse curtido como um vinho que se consagra na hora da missa para os fiéis.

Neste reencontro com o velho Jonatas, ele me abriu os olhos em relação a dificuldades que as pessoas de todos os tempos trazem consigo, muitas dúvidas que atormentam, mas nos ensinam, e os ensinamentos são vários, os quais se desvirtuam de seus trajetos. Por coincidência, estamos aqui debaixo de uma sombra maravilhosa para que possamos refletir sobre os ensinamentos que Jonatas teve e tem para nos oferecer.

Depois de uma pausa que lhe fez muito bem, Jonatas resolveu continuar na sua jornada para encontrar possíveis formas de ensinar e aprender dando prazer para sua alma. Em uma manhã, Jonatas saiu apreciando seu caminho e se deparou com um garoto que, pela fisionomia, estava como ele, precisando de alguém que lhe fizesse companhia... Jonatas, sendo um apreciador da vida, com a energia de um jovem valente, com uma simpatia contagiante, com sua alma que tem sede de ouvir as vertentes que surgem de seus lábios elucidando a mente como uma flor exalando perfume com brilho em suas pétalas, é como aquele menino! Este que está se abrindo para começar a lidar com o tamanho da responsabilidade de ser um cidadão cristão. Ao se aproximar do garoto, mal teve tempo de se apresentar, e o velho disse:

— Bom dia, meu garoto! Sou um velho que saiu de um lugar de onde já não me lembro mais, nem de quando nem de onde parti! Sou uma pessoa que está em busca de alguém que vá em frente e que entenda minhas ideias, que às vezes podem se tornar difíceis para um garoto entender... Tenho o sonho de mudar o mundo... Acho que estou falando palavras difíceis de entender!

O menino olha para ele e diz:

— Mas eu quero te ouvir. Justamente por ser uma criança. Estou curioso!

O velho, cheio de entusiasmo, diz ao garoto:

— Que felicidade ter alguém com vontade de aprender com minha esperança e caminhada de anos, estou com imensa satisfação de seguir com você. Todos os passos que dei nesta vida, dei acreditando ter sido uma renovação de acontecimentos diversos; para cada um que vinha ao meu encontro, eu dava um jeito para ver se o ajudava a acertar, e às vezes errava, mas com a maior boa vontade de fazer um mundo mais sonhador como eu! Encontrei barreiras e batalhas enormes no final dos dias, e chegava a escuridão da noite, pois a lua se escondia coberta pelas nuvens, me deixando com a solidão:

— Me dê licença! A lua também brinca de se esconder?

— Posso falar daquilo que sentia e via de forma engraçada; acabava até tagarelando com o luar, estando longe das lâmpadas em uma mata cerrada, nossos olhos não enxergam nada...

— E as estrelas?

— Elas iluminam bastante, mas é preciso que o céu esteja límpido! Me lembro bastante das noites em que saía com meus irmãos para contá-las, eram tantas que nem sempre conseguíamos somá-las, um mato escuro escondia as estrelas. Nós corríamos para dentro do casebre que tinha as paredes de madeira e o telhado de palha, aí para a cama, e à noite era uma luta para segurar a coberta, que era dividida entre quatro irmãos. Acabava adormecendo sem coberta, mas o dia chegava e minha mãe me chamava para ir até o rio buscar água e lavar o coador para passar café, feito do caldo da cana. Como éramos em 12 irmãos, cada um fazia uma tarefa, buscar lenha, limpar o milho, varrer o terreiro... E do nada as dores causadas pelo frio da noite eram esquecidas... Lá também havia valetas enormes no meio da vargem para soltar as águas do córrego, e quando chovia estas faziam enchentes na plantação. Ali, quando uma das crianças fazia arte, ou falava palavrão, o pai vinha com uma vara curta e corria para dar uma sova, eu pulava e corria mais rápido que ele, porque sabia que ia doer muito, e o pai ficava doido por o fazermos correr tanto atrás de nós... Mesmo com as marcas das varadas nas pernas, ele sabia educar os filhos, dava incentivo quando merecia e cintadas quando precisava. Caçava após o término do trabalho, à noite perambulava nas matas e trazia animais e pássaros para a mistura do dia seguinte. Da caça tirava a pele; e dos pássaros, as penas e a barrigada. Depois de tudo, ainda nos contava as estórias das "assombrações" que encontrava nas caçadas. Muito dessas estórias podia ser representado de várias formas; como a escuridão da noite predominava, as matas, mesmo durante o dia, eram sombreadas e as folhas secas no chão acentuavam uma vasta escuridão, impressionando o caboclo que tinha um grande conhecimento nato, carregava consigo seu imaginário voltado à sua harmonia com a natureza... Ao falar desse mundo antigo, sem estrada, sem rádio, sem tecnologia, ali os roceiros eram privilegiados por sua necessidade de serem eles mesmos, eram ricos de sabedoria que espiritualmente recebiam. Fatos que os agradavam eram os milagres, e os que os amedrontavam eram os mortos que voltavam para reclamar de alguma situação que não resolveram aqui na terra... Essas assombrações eram parte do "coisa ruim", o que Deus não permitia, e mesmo assim eles faziam, como ir à mata caçar os bichos para comer e, se por acaso passasse da meia-noite, as assombrações derrubavam árvores, e faziam o caçador matar seu animal pensando ser a paca que estava caçando! Eu ouvia essas estórias contadas por meu pai, que faziam nossas noites terminarem em espanto ou gargalhadas! Sabe, garoto, é tão antigo quanto verdadeiro isso que te contei dos contos das assombrações. Eu era pequeno, mas me lembro até do modo como meu pai se sentava, num grande banco de madeira que ele mesmo construiu, seu olhar brilhava, não sei se era entusiasmo pelo sucesso das caças que encontrava, que, segundo ele, vinham pelo mando divino, ou por ver a alegria dos filhos ali meio deitados nas esteiras da tábua. Para meu sentimento, sua postura trazia uma vaidade que guardei sendo a maior recordação que tenho. Agora vou te contar do mesmo jeito que meu pai me contou esta estória na época:

"Era uma noite de lua cheia, eu i cumpadre Bastião Rocha, e o Zé Flavio, juntamo os cachorro de caça, e fumo, noi e os cachorro, Totó, Negrão e Pintado. Levou espaço de tempo de uma meia hora pra chegar no lugar do carrero. Alí sortamo os cachorro da colera pra que fosse farejá o mato, que já tava moiado de sereno da noite. Foi quando Negrão e Pintado deu siná de que argum bicho havia passado alí, farejo, e subiu mato acima pelo trio de costume. Como Totó era aquele cachorro especiar memo, o noi deixamo pra sortá na hora 'h', no momento exato, na hora qui a paca entra na toca. O Totó era um cachorro que, se preciso fosse, ele buscava a bicha no fundo do buraco, sem medo do tamanho da toca. Nisso ouvimo o acuado do Totó, e daí era só espera no trio, onde dava com o carreiro que saia na toca. Lá fui eu pro carrero... não demoro, ela apareceu na minha frente, toda amarelinha de zóio vermelho, de oreia em pé, eu mandei fogo. Sabe o que eu matei!? Foi meu cachorro Totó, que nem amarelo era, era preto com mancha branca. Lá estava meu Totó morto, e eu, que tinha atirado na cabeça da paca, agora mi diga, só pode ser vingança do demônio, a mata não é minha, será que o demônio acha que eu ia ficar com medo dele, e não ia vorta maia a caçá.

Fiquei um bom tempo pensando neste fato, que muita tristeza mi deu, mai nem por isso pensei de larga a caçá. Tratei de arranjar outro cachorro e logo vortá, pra vê o que o demônio podia fazê. Comigo e com meu cachorro, si bem que eu não provoca o dito cujo, até ficava arrepiado di medo dele, mai eu sempre acreditava que o Deuso era meu amigo, sempre fui direito, e peço proteção divina todo dia antes de entrar na mata".

Jonatas, com um grande brilho nos olhos, continuou a contar:

— Uma outra façanha sobre as caçadas de que meu pai nos contou, agora um pouco diferente: é sobre o compadre João Rosa, que se despediu deste mundo e seguiu assustando seus companheiros caçadores nas matas; meu pai puxou um banco e disse:

"Óia, menino, não tenha medo de arma dotro mundo. Ieu tinha um compadre João Rosa, mai era chato pra demai! Sempre que eu caçava junto me inchia a cabeça de virar as ideia de dentro pra fora. Quando a gente vinha pra casa, as ideia girava mai que laço na mão do peão para acertar o animar. Ieu fazia *promessa pra não vorta a caça com aquele sujeito encruado, sem jeito de acerto. Mai ieu com pena de larga de sua penuge. Penuge pra mim, fia, é o caboclo que não sabe voa, só sabe falar o que ninguém gosta de escutar. O tempo ia andando, e o compadre nada de mudar; quando a assombração aparecia ele escorava ne mim, pensando que era morão. Eu tinha dó da cumadre, que ficava sozinha enquanto ele corria da assombração, e, quando chegava em casa lá pra meia-noite, ela ia até confirmar se era o marido ou se já tinha virado assombração. Ai que cumadre pra sofre! Até que um dia contaro pra mim que o cumpadre tava doente, mai não deu tempo de visita. Logo chego o aviso que o cumpadre tinha despedido e levado todo o medo que tinha. Daí o ce não sabe, quem fico assombrado fui eu, tava sozinho naquela noite e de gole em gole com o litro de geriba (pinga) na mão, na maió sastifação! Num é que esbarro na porta, e o vento subiava e queria mi carrega, já na mente, o que será que o compadre tá querendo ajusta? É conta, ou pedi perdão pra se remedia por quere entra no céu sem ter lugá? Agora eu não posso ajuda, por mim tá tudo perdoado, vou rezar pra sua arma não ficar daqui pra lá. Eu sei que aí aonde tá não levou espingarda, nem cachorro e nem emborna pra carrega o bicho que mata. Óia, e tem outra, esconda em quarque lugar, cê sabe que sei atira e de susto posso mata. Acaba nossa rincha o cê vai pro somitério outra vei, o meu conseio é que fique tranquilinho, que Jesus não vai te abandona sem um luga pro cê descansa, é com Deuso que pode conversar, fala da beleza desse luga que foi daqui pra lá... Se tive permissão pra conta o que fará nesse lugar. Ahh, se o cê pudesse me conta se o pecado fica aqui memo! Tá tudo atrapaiado, os caçadô viciado na mata já esqueceu que assombração é o limite para o homê humirda! Agradeça aí no céu o que teve aqui na terra pra preçiar, não pensa no sacrifício aí, faça de tudo pra merecê, aí não é a mata aonde ocê pegava bicho no pulo ou na porta da toca, nosso castigo era assombração. Agora ocê reze e pede pra Deuso empurar a caça perto do lugar que aqui fiquemo pra mata, com sombração ou sem sombração, noi não fica sem diversão, é* a mesma coisa que um corpo sem coração, sem conhecer o amor e a paixão... O caçador não fica sem a caça, e caça não fica sem as matas, um vive em função do outro sem saber qual a razão!"

Jonatas, depois de contar esses dois contos, procura clarear para o garoto como tudo acontecia:

— Neste lugar que nasci, e me conheci, guardando na memória todos os acontecimentos que surgiam, para mim eu recebia um sonho de realizações. No bairro em que meu pai era um servidor, fazia todas as tarefas que fossem necessárias; se as pessoas encontravam dificuldades, vinham relatar sua situação e pedir solução através dos encaixes que ele sabia fazer pela experiência das lutas feitas pelas oportunidades de exercer seus dons, e gostar das batalhas que o destino lhe ofertou... Exemplo, quando alguém agonizava para despedir de seu corpo, lá ia esse homem acompanhar os últimos momentos e preparar o corpo para sepultamento, levado na rede até o cemitério, não havia outros meios que pudessem facilitar, era um sertão repleto de matas traduzido para capoeirão... Esse capoeirão causava espanto, havia um caminho para atravessar o tal matagal que causava muito pavor, as pessoas tremiam até sair do outro lado daquele matagal. E até hoje, 80 anos passados, ainda sonho com aquela passagem entre as árvores frondosas que podia esconder os bichos peçonhentos, e assombração pela sua gigantesca espessura, as quais os homens utilizavam para fazer cochos e bebedouros para animais e faziam camelas para ser usadas como banheiras e de porte menor, para ser utilizadas na cozinha, lavar louça, as carnes em salmoura. Fazer tudo com essa frondosa árvore, que também era tarefa desse homem que fazia de tudo e contava estórias de assombração, uma fonte para motivar as crianças e adultos a conhecerem o que representavam as matas no positivo e negativo no imaginário do contador de estória. O ponto positivo é incentivar as pessoas a não destruírem as matas, pois elas são vínculo primordial, abastecendo oxigênio e dando condições de vida. O lado negativo é não mexer com assombração, pois, ao mesmo tempo que produzem o silêncio, suas sombras ficam à mercê dos diabinhos, que aproveitam as matas escuras para fazer seus *passeios depois da meia-noite. Essa cultura do lugar era o sabor dos dias; adoravam o pequeno sítio e o plantio, que mantinha a família para sobreviver com suas próprias práticas e as caças eram pura satisfação, o medo enchia a alma de ventura... Tudo isso que narro ocorreu por volta de 1942, acredito que eu já estava começando a entender o que havia em volta de mim... Não sabia o que faltava, mas desejava ensinar! Era triste ver a precariedade sem comunicação, e, mesmo assim, corria a paz no coração dos sertanejos, o que eles não conheciam não podiam desejar... Não iria faltar! Aquele ribeirão para mim era uma canção de tudo que existia de bom, sua correnteza era uma ligeireza em nosso olhar, que se satisfazia e queria viver ali para cultivar a relva que lhe protegia as margens onde os peixes se escondiam, e os pescadores os perseguiam para se nutrirem e recomporem suas energias, e com os pés no chão iam até sertão; assim que chegavam com a foice na mão, roçavam as matas para depois capinarem a terra, afofarem e jogarem as mudinhas de acordo com a estação... Só o homem que conhece sua paixão e a profissão, mexendo na terra com os calos na mão, justificando suas lutas em prol de um povo que com ele dependem do clima para nascer os grãos e alimentar o patrão, pois é ele que comanda a situação... Mas não dá conta do equilíbrio da natureza, somente ela é responsável pelas sementes plantadas para ter uma colheita salva e vigorosa para servir na mesa, abençoando e dando satisfação e contribuindo com suas mãos, que jogavam os grãos na cova e com os pés descalços faziam a cobertura com terra fofa deslizando sobre os grãos... Esperando a chuva para umedecer a terra e vir a brotação, enchendo a alma desse homem que viveu para plantar e caçar no capoeirão...*

O garoto, encantado com o que ouvia, disse ao velho:

— Pelo que ouvi, seu pai foi um grande homem e um excelente pai!

Jonatas, emocionado por relembrar do passado, disse ao garoto:

— E agora você vai conhecer um pouquinho de minha mãe! Ela era paciente, com um coração de ouro!

O VELHO SÁBIO

O garoto, sem entender muito das expressões da vida, assustado perguntou:

— Meu Deus! Coração de ouro?!

E, com toda sua grandeza e paciência, o velho explicou a ele:

— Sabe, garoto, quando se tem a alma limpa e caridosa, é como se fosse ouro, porque o ouro é uma matéria com que se pode fazer de tudo e não se altera o produto, é uma joia rara... Você não acha ouro em todos os lugares, assim como nosso coração! Não é fácil, tem pessoas compreensivas e generosas, mas encontrar aquela que vê a angústia do outro pelos olhos é difícil, sendo como a luz do sol que acaricia a terra jogando raios ardentes para suprir a carência das pessoas, na plantação, na saúde, secando o solo das enchentes, entre outras coisas... Minha mãe era assim, carregava a todos no colo, e alimentava a todos que passavam na estrada em frente de casa. Ali era um ponto de amor com o próximo... Ela nunca parou com suas tarefas, cuidava dos filhos, fazia farinha no monjolo, no engenho a rapadura e na prensa farinha de mandioca, ela era feliz, cheia de comadres e afilhados... Acompanhava as parturientes no parto, ia para todo lado na região onde vivia, carregava sempre consigo bandeira do Divino, que era o santo daquela província, onde celebravam e celebram até hoje, com a tradicional Festa do Divino; depositava uma fé fervorosa e conseguia milagres e mais milagres através do Divino Espírito Santo, essa bandeira era colocada no abdômen da mãe que estava dando à luz como um sinal de luz para a vida do bebê que estava chegando, acrescentando mais um cristão para a glória do céu... A vida de meus pais foi deixar tudo que puderam e me acompanhar enquanto vivi naquela casa simples, mas havia uma luta interna ao procurar acertar o que falavam e nas ações pensadas, sem deixar danos para as pessoas que viviam próximas e sem meios de navegar. Compartilhávamos tudo, até os peixes que foram pegos nas sobras das enchentes do ribeirão, que se chamava Pinheiral do Ribeirão, lugar onde todos se juntavam para dividir o pão!

Ali o garoto de olhos vivos, de orelhas em pé, e com uma curiosidade grande... Mas não era para menos; Jonatas, o velho cheio de entusiasmo e voz forte, traduzia com clareza a sua passagem pela vida, o garoto mal entendia o porquê estava ali naquele lugar que parecia um sonho, e poderia ser um sonho mesmo, o sonho de um mistério da vida real! Não nos convence ser um pesadelo, é preciso colocar nossos pés no chão no momento de acordar e tomar consciência, às vezes é um sonho, e na verdade os sonhos são nítidos, dormindo ou acordado! É um paradoxo: sonhou, sonhou e sonhou ou viveu sonhando acordado para concretizar na realidade!? Na sua cabecinha ainda havia dúvidas... "Como vim parar aqui? Se for sonho, acho que não quero acordar, quero seguir até onde ele for, para eu passar por todas as belas paisagens e segredos que as estradas da vida escondem em cada encruzilhada, e os que ficam debaixo das matas junto das folhas secas, que o vento derrubou e ninguém juntou..."

E, envolvido, o garoto faz uma pergunta:

— Estou maravilhado! Seja sonho ou verdade, o senhor não vai parar no meio dessa viagem que me encanta? Me sinto confortável em sua companhia, e estou pronto para o que der e vier... Com a mente desprovida do aprendizado, mas sei que vai me dar tudo de que uma pessoa precisa para conduzir o barco da vida. Este que o senhor vem remando há muito tempo!

O velho disse a ele:

— Muito bem, garoto! Olhe para o céu, veja, há muitas nuvens neste momento, não se assuste. São passageiras como todas as ações que alegram e entristecem, são como o voar, tudo vai se esvoaçando e caindo colaborando com o solo, produzindo frutos saciando a fome dos pássaros, animais e das pessoas... Assim é o nosso paraíso onde vivemos e nos alimentamos! Falo com o intuito de fazer o entendimento que as pessoas que não conhecem, o que é valorizar o espaço que vive, sendo o remo que tem em suas mãos...

E o garoto, enfeitiçado com tudo que ouvia, falou:

— Estou admirado! Nunca pensei que um velhinho pudesse contar estórias para um menino que não sabe de nada, a não ser saber te acompanhar e ouvir você com medo de perdê-lo... Senhor, eu nunca tive ninguém que me desse essa alegria de ouvir pala-

vras valiosas que me deixam forte, vendo coisas que antes que eu não via, andar por novos caminhos exibindo satisfação, os capins esbarrando em meus pés me dá tranquilidade, as águas fazendo borbulho com a força da correnteza, que me arremete a um lugar que conheci, e a saudade daquele lugar me faz olhar para o céu, ouvir as pessoas dizerem que é nas alturas que vivem os anjos, e espero ver alguns para que eu possa acenar as mãos e pedir paz para nós dois...

Jonatas, admirado, lhe diz:

— *Menino, a felicidade deste velho não é pouca! Quando somos entendidos por alguém que nos ouve, ficamos invadidos de gratidão; a semente que a vida plantou em mim é produtiva onde for jogada, para embelezar as paisagens por onde passar! Na busca de uma motivação para alimentar sua alma, que é enfraquecida pelas más palavras, e perdeu o brilho de tudo que era seu incentivo... Não gosto de mentir, sou por demais verdadeiro, o que expresso para você é fruto maduro, já semeei em terras diversas, fofas com minhocas, grudentas e partidas por falta de água; as vegetações secas, mesmo assim, germinaram! Elas foram escolhidas e caprichosamente guardadas para não perderem a essência, produzirem sem pragas para não serem nocivas e contaminarem uma sociedade que venceu batalhas, e até guerras, para manter-se digna, na moral, na espiritualidade e institucionalmente no desejo de igualdade para todos. Estou falando de milhões de anos que se levaram para essa semente chegar até aqui, sem apodrecer em minhas mãos, fiz, faço e farei de tudo e mais um pouco para as meninas e os meninos como você escutarem com carinho o que este velho fala... Não perca a semente do bem viver, se elas forem cuidadas, a humanidade não irá perder os bons hábitos... O que se conseguiu há milhões de anos pode se perder em décadas; e você, jovem responsável, cheio de arte e técnicas avançadas, não pode se esquecer desse pedido, as boas raízes e sementes precisam ser fielmente protegidas, com amor e lealdade, será como o amanhecer do futuro... Cheguei aqui com as ações e as histórias que vi e ouvi alertando minha mente, pedindo a Deus para eu* assimilar o que fosse útil para servir o mundo...Tinha e tenho em minha alma essa vontade de ser alguém que possa amar e sorrir, contando as histórias que viveu de fatos e artes reais, as pessoas que viveram nestes personagens foram envolvidas em momentos de angústia, aflições e humildade para vencer o clima e as ações provocadas pelo meio que todos os homens vivem! Há dias de ovelha perdida, lobo mau e dias festivos. É preciso você perseverar para prosperar como a semente fértil que carregamos na alma e no coração. Se assim o fizer, ela se desenvolverá até em cima de uma pedra... Eu, Jonatas, tenho me honrado ao contar as minhas aventuras que sempre me encantaram, pois, quando percebemos, a vida é digna de perdão na humanidade e na nobreza. Ser humilde é tão nobre como a grandeza que conserva a dignidade do servir com modéstia. Menino, já narrei para você as coisas mais visíveis para seu olhar, mencionei fatos, os quais acontecem sem que eu e você possamos evitar. Tem situação que, com dedicação e sendo atencioso, produz o melhor...

O garoto, refletindo muito sobre o que estava ouvindo, diz:

— Será que vou poder ser participativo com você? O senhor parece saber muito, enquanto acho que não sei ouvir, estou pensando se serei capaz de preencher o lugar ao seu lado, irei me esforçar para te ouvir e te entender, e explicarei aos jovens que, como eu, vão precisar lutar por essa caminhada divina que existe para todos os filhos que chegam aqui neste planeta cobiçado, que dá meios de vida sadia para quem sabe saborear a natureza em festa...

Jonatas, após ouvir as palavras do garoto, percebeu uma semelhança no mesmo desejo que ele possuía, a vontade de não ficar parado no vazio da vida e seguir em frente numa aventura de aprendizado; então disse ao garoto:

— Se você aprecia minha história de anos de experiências, já é meio caminho andado! Sabe, quando eu era pequeno, tinha uma vontade enorme de sair do lugar que eu vivia, mesmo amando e respeitando, mas não deixava o pensamento fugir, o desejo era ampliar meu universo, avançando nas estradas, indo longe acreditando aprender as tarefas, que a vida sabia do troféu que eu queria como a luz do dia, chega clareando para enxergamos a relva molhada pelo sereno da madrugada. Isto me delirava me acariciando rapidamente como o vento refrescado e levando tudo, sem pedir licença e sem economizar distância, era meu ímpeto. Não gostava de esperar, preferia lutar... Confirmando que só a vitória realça a glória! É singelo o que eu quero passar para você levar contigo, assim como venho apreciando e guardando como base de uma vida cristã. Se prestarmos atenção em todos os movimentos que de hora em hora confrontamos, com coisas que nos parecem vulgar, mas... se você olhar com carinho e analisar com a seriedade da alma, poderá guardar e utilizar toda a sabedoria em algum momento de sua viagem que Deus enviar. Estou contando estórias da vida que vivi, e com elas fortaleci e com amor vou te motivar e clarear sua mente, que se inicia para um novo despertar. Nunca imaginei que eu pudesse ter energia suficiente para suportar tantas mudanças; para uma pessoa que veio da roça e que não conhecia outra vida, fui surpreendido ao chegar a um ponto da minha vida em que precisei ir embora daquele sertão por diversos motivos... Chegando à cidade grande, fui morar em uma vila, onde as casas eram geminadas, um jeito da época, fui morar do lado direito, no último quarto; como meu tio era encerador dos casarões dos poderosos, aprendi essa profissão. Indo à missa aos domingos, logo consegui o serviço de limpeza dos altares com o padre da Igreja Santa Tereza do Menino Jesus, enfim, não podia me apressar como encerador. Eu estudava à noite, fazia meus horários na igreja e na casa das pessoas também. Fui para a escola em 1950, pois era tudo de que precisava para evoluir. E o tempo voava como as aves que não vivem num só galho... E, para a surpresa do meu despertar, numa certa manhã, como havia apenas um tanque e uma torneira para todos os moradores, eu estava indo lavar o rosto, e vi uma exuberante menina com um sorriso meigo, e minha emoção se avolumou no meu peito, se precipitou e meu destino mudou... Cada vez mais graciosa e cheia de encantos, eu não sabia o que se passava dentro de mim, eu a via como uma flor, como uma princesa, ou melhor, buscava naquela alegria o brilho do meu dia... Muito cedo ela pegava os pães na padaria que ficava em frente à vila, eu sempre ficava esperando com ansiedade a sua passagem pelo portão, eu podia apreciar sua candura sem que Maria me percebesse. Eu, tímido, mas de coração aberto, o espaço entre nós era imenso, caso voltasse um olhar, seria tudo secreto, eu fazia poemas e dava para ela, ela adorava os poemas, mas o poeta não era percebido. Maria era reservada, não tinha namorado, dos meus elogios se esquivava, sempre com pressa para dar adeus... Durante cinco anos ficamos um perto do outro, e nos encontrávamos à noite no portão da vila. Um dia ela se mudou, e não deixou endereço, como foi doloroso... E como uma névoa perdi o colorido da vida...

E o garoto perguntou ao velho:

— E o que você fez!?

O velho respondeu ao menino:

— Nada, meu querido garoto! Guardei tudo que tinha fotografado na mente no coração! Na mente eu mexia com a chave da saudade, a porta se abria e lá estavam todas as flores que colhi no jardim, e só eu via o encanto das flores e até hoje o aroma que o tempo não escondeu de mim... Ainda me envaideço daquele jardim, da flor e do perfume que a alma sente e o coração se enche daquele amor vazio que em mim preenchia, e a vida não desperdiçou, ficou como uma mágica de que a plateia gostou e a memória selecionou! De todas as histórias que desfrutei, esta é a mais preciosa, por isso te contei! Você é mais uma pessoa para carregar minhas narrativas...

O garoto curioso, sem entender o porquê da atitude do velho, perguntou:

— Você foi atrás dela?

O velho, com toda sua sabedoria, lhe disse:

— Como eu iria, menino? Eu sabia respeitar a decisão de quem se foi, e controlar minha ansiedade. É tudo que venho te ensinando, precisamos ter equilíbrio, e não ofuscar a vida dos outros para nos *agradar... Vai se acalmando, a ansiedade atrapalha nós dois e a todos que estão no mesmo espaço, o lindo dos contos é saber ouvi--los, absorvendo o tanto que é bom e o que fica sem resposta. São essas respostas que dão a oportunidade de crescer no pensamento, sem perder o fio da meada, são as partes difíceis de superar nossos instintos, e se harmonizar com o mundo... Elas não são gêmeas e parecidas, mas todos nós passamos pelas mesmas fases e pelas mesmas estações; caso não o façamos, ficaremos prejudicados como aquela borboleta que rolava pelo chão próximo ao barranco: o homem viu seu esforço e quis ajudá-la tirando-a do seu casulo, mas ainda não era o momento certo; suas asas, ainda grudadas na parte interna, ficaram machucadas com a força que foi tirada de seu casulo e ela nunca mais se recuperou; uma de suas asas ficou caída e sem vida... Quero dizer que nos enganamos, e nem sempre o que é bom para nós será bom para o outro, devemos cuidar de nossa vida, a sua não é igual à minha, existem anos diferentes, dias que estão chegando e as emoções da alma, todos os sentimentos são únicos, do tamanho que existem em cada pessoa. As paisagens mudam de acordo com as estações do ano, nosso organismo se adapta de formas diferentes; exemplo, neste minuto sou completo de amabilidade, meus objetivos estão em sintonia fazendo parte deste lugar que está sendo me oferecido... E com você me ouvindo, que se encontra ansioso, forçando as pálpebras, enrugando a testa, por sinal, gracioso... É aí que digo: toda estrutura tem seu tempo especial, nunca estamos no mesmo espaço ou no mesmo tempo. Feche os olhos e respire fundo, faça uma viagem universal, dê uma volta imaginária neste globo fantástico, que também tem transformações repentinas conduzindo novas ciências, às vezes benéficas ao homem, e outras vezes catastróficas, dizimando milhões de pessoas, sendo uma barbárie para nosso emocional afetivo... Procure admirar ao seu redor as coisas bonitas, e não fique preso àquilo que em nada vai te ajudar, apenas atrapalhar seu caminhar! Não ande pelos espinhos, procure outros trilhos, lute dentro do seu eu verdadeiro, aquele que deu origem ao garoto que é do homem cidadão do futuro que poderá fazer parte do desenvolvimento para* sua sobrevivência, não perca o fruto do amor, que está contido no seio de uma nação com outros iguais a você, refaça o universo que grita urgentemente sendo desprotegido por falta de generosidade. É um sentimento incessante que trago comigo, que me chama e minha psique responde, e lá seguirei acreditando que essa semente que vem de minha alma vai permanecer e crescer na vida de todos os homens de Deus que chegarem a este mundo, vai cuidar e haverá o restabelecimento da verdadeira paz. Para que isso aconteça, precisa ter consciência, é despertar lentamente para memorizar o que ouve e colocar em prática, ver o efeito de sua disciplina, colaborando para os dias brilharem como o sol, e as crianças sendo tratadas como os botões protegendo suas pétalas, para as crianças sorrirem enfeitando os lares, as escolas, e mais tarde em todos os departamentos que possam trabalhar para o bem-estar social. Servindo um povo civilizado com educação, respeito pelas tarefas que a vida propõe a todas pessoas, sendo privilegiadas ou não, mas confirmando a obrigação de ser um comprimento para a nação. Exemplo de união, sem diferenciar o pisar no chão, todos no mesmo plano, amor carinho pelos mesmos caminhos. Podendo sonhar sem perder a liberdade, que é o direito de todos que estão no mesmo céu, do mesmo sol, sentindo o mesmo o aroma e apreciando as paisagens, do norte ao sul, e do oeste ao leste...

O garoto, mais disposto a falar sua impressão anterior, nem sequer conhecia o caminho que havia caminhado! Respirou fundo e disse:

— O senhor parece trazer contigo tanto conhecimento, enquanto eu começo a acordar do sono em que permaneci, rolando de um espaço ao outro, sem desviar do que poderia ser o meu fim... Já ouvi dizer que o abandono vem do próprio lar, outra lenda; teve criança abandonada em barco que, parasse onde parasse, ali alguém encontrava e levava para cuidar, sendo igual aos animaizinhos, como gatos, cachorrinhos, que nascem e são jogados pelos caminhos... Você, Jonatas, é esclarecedor, e carrega dentro da memória contos coloridos conduzindo imagens magníficas que sou capaz de visualizar através de sua fala... Não sei aonde quer chegar, mas eu sei: passem os anos que passarem, estarei ao seu lado, observando todos os seus movimentos, eles serão reproduzidos dentro de mim... Minha alma está viva, e minha vida será te ouvir...

Jonatas fala:

— Você é o fruto da futura geração, agora preciso de você como se fosse a terra, que sem ela não poderia seguir espalhando esse meu sentimento de que sou grato a todos os momentos que vivi e vivo! Pode até ser uma loucura deste velho, é infinito o desejo de passar para frente o que custou para eu entender, e depois compreender o motivo, este que não posso deixar guardado ou levar comigo... Os frutos têm que ser colhidos no tempo certo! Assim é o nosso aprendizado, deve usá-lo no lugar onde seja eficiente com exatidão! Vou voar desse mundo real, e me encontrar com os milagres que recebi, em alguns conversei com Deus, em outros surgiram como um relâmpago, trazendo luz para eu enxergar o perigo, em outros a mão poderosa me acolheu, sem que desse tempo de fugir, e em outros me preparou em sonhos, na dúvida se era sonho ou se alguém falou comigo, cheguei a ouvir vozes, até me chamaram pelo meu nome... Uma noite estava me deitando para descansar, preocupado com o dia seguinte, precisava resolver um problema financeiro, que fazia parte da alimentação, falei com Deus e todos os santos, e adormeci! Naquela madrugada ouvi alguém me chamando pelo nome, "Vá até o banco (nem conta eu possuía)", mas acordei e fiz tudo que devia, e com o sol muito quente segui em direção ao banco, chegando lá a fila estava longa, entrei na fila e segui até chegar ao caixa; o caixa me perguntou o que eu desejava, e lhe disse: "Eu só queria te perguntar se aqui alguém se interessa em alugar uma casa de fundo!" Dei o endereço à moça, e ela, assustada, me respondeu: "Vou dar uma passada lá depois do expediente, e vejo para mim e meu marido!" Foi dito e feito, assim que cheguei a casa, ele logo chegou também, viu a edícula nos fundos, e alugou, me disse quanto ele rezava para aparecer um lugar para eles morarem. Estavam morando com a mãe... Eles eram recém-casados. Isto foi um milagre ou foi minha energia positiva? Ia até onde era preciso chegar! Outra vez com um grande negócio para realizar. Mesmo sendo corajoso, tive dúvida, falei com o que era divino, pedi um sonho que tirasse minha desconfiança povoando a mente. Dormi, e tive aquela visão maravilhosa, apareceu iluminando minha decisão, aqui foi um sonho assim... Sonhei com uma plantação de milho, era muito viçoso, e as folhas verdes como algas no fundo mar, e a florada embonecada, cabelos brancos e avermelhados, numa beleza que só Deus poderia dar em sonho. Logo pensei que fosse real. Havia uma mulher perto de mim, e me disse que faltavam algumas florzinhas para colocar em volta... Recordo que era jovem, olhei pelos beirais da roça de milho e percebi que ficava melhor com as tais florzinhas rasteiras. Acordei e fui analisar o sonho! Que surpresa tudo que pedi. O milho, que são grãos de alimento, que representavam a fartura, e suas folhas verdes representam esperança e prosperidade, e as flores rasteiras no chão seriam o complemento para o desejo de fechar a negociação... Tomei uma posição, vou chamar o comprador e colocar à sua disposição meu interesse em negociar com todos os requisitos que eu havia decifrado durante o sonho no meu sono. Já acordado pela manhã, tomei a iniciativa de ligar para o comprador... Ele veio meio assustado, pois o negócio já havia sido desfeito por falta de acordo com meus familiares! Quando ele chegou, pedi que se sentasse e lhe disse: "Vamos conversar em paz com esclarecimento para nosso bem!" Foi uma grande decisão para os dois. Bom para mim, na época, e ótimo para ele. Só posso dizer a você, isto é um milagre! Não posso ver outro nome, tive estas respostas divinas dormindo...

Jonatas aproveitou seu momento de clareza ao relembrar seu passado, e continuou a contar para o garoto:

— Vou te contar mais um milagre, este não veio em forma de sonho, foi um pedido direto de alguém que foi um instrumento de Deus aqui na terra! Lembra quando te falei que minha mãe realizou muitos partos numa missão de ajuda? Acreditava que era um momento sublime na vida da mãe e do bebê! Minha mãe, Dona Francisca, estava indo atender uma pessoa no Bairro do Morro Grande. Essa parturiente estava com seu bebê sem vida, mas fez de tudo para que pudesse nascer, fez banho quente, aplicou uma injeção que o farmacêutico lhe vendeu pela eficiência no trabalho de auxiliar as mulheres de todos os arredores, isto em 1956. Então se passaram dois dias, e nada de o feto sair! E a parteira, já falando com Cristo, que já era por ela mesma, e assim se ouvia ela: "Agora só um milagre!!" Saiu do quarto, e olhou para o céu, e disse: "Cristo redentor, me dê essa graça que lhe peço, a mãe não vai aguentar mais um dia! Faça uma caridade, Jesus, ponha essa criança no mundo... Assim que a criança estiver no mundo, eu prometo subir o Santo Morro do Cruzeiro, levar meia dúzia de foguetes, rezar o terço e te agradecer". O milagre surpreendeu, não levou três horas, foi tudo resolvido! O neném já estava fora da barriga, voto recebido, agora era só agradecer! Foi para casa e pegou seu cavalo e passou pela venda do João Pedro, e de cima do cavalo lhe pediu: "Compadre, me venda seis foguetes!" Ele se assustou: "Que é isso, Dona Francisca!? Aonde vai levar esses foguetes com esse sol?" Ela lhe disse que ia pagar uma promessa no Morro do Cruzeiro, e ele respondeu: "Com esse calor? Vai botar fogo no mato, ainda mais no Cruzeiro, que é cheio de sapê seco!" E ela deixou tudo nas mãos de Deus, e foi cumprir sua promessa... Deu uma lambada no traseiro do cavalo, e lá se foi com os foguetes na mão, e amor no coração... Realmente, até o cavalo sacudia a cabeça e o suor descia pela testa do animal! O amarrou em uma árvore, onde havia sombra para se refrescar, e com o terço na mão seguiu em direção à capela do Cruzeiro, e ali se ajoelhou e se pôs a rezar, com o olhar em direção ao altar e a sua alma cheia de graça recebida; agradeceu ao Cristo, e se levantou depois de ter rezado o terço, e à porta da capela viu que havia nuvens no céu como se estivessem dançando em seu firmamento, e ela disse para si mesma: "Vou mandar os foguetes para o ar!" E projetou um por um, ouviu o barulho e brilho que desencadeou de cada um, que parecia confirmar que a esperança é a fé, sendo o próprio Jesus em nosso templo, sendo Ele nosso viver e nossa vida..."

Depois de ter ouvido tantos testemunhos milagrosos, o garoto diz ao velho:

— Nossa! Você diz tantas coisas que mexem com meus sentimentos! Acho que não conseguiria trazer na minha cabecinha tantas lembranças depois de tantos anos assim...

O velho Jonatas lhe diz:

— É, criança, você vai amadurecer, e é com essas e outras lembranças que vou te contar que seu desenvolvimento espiritual vai se elevar... Eu também já fui pequeno, minha criança! Mas desejei fazer história e não posso me esquecer dos passos e de todas as belezas que foram vistas e que o caminho me mostrou, isto porque ouvi e olhei tudo com detalhes e os guardei com carinho, para hoje orientar você; caso aprecie a forma como vivo, poderá levar adiante seu aprendizado com mais sabor, mais brilho e com as raízes bem mais alongadas. Os aprendizados e os ensinamentos são o desabrochar do conhecimento das culturas que vêm de todas as regiões do mundo para ampliar o desenvolvimento de todas as nações, sendo o fortalecimento da contribuição da história. Não pode deixar que suas raízes se percam, pois as raízes profundas seguem conduzindo as sementes de grandes batalhadores que passam, deixando seu legado para manter suas famílias com a mesma moralidade e história cultural preservada, sem perder os bons costumes que vêm de várias gerações...

Jonatas, um pouco cansado pela exaustão de sua caminhada e pela sua idade, depois de muito pensar, disse ao garoto:

— Olhe, menino, aqui chegou o momento em que vou me satisfazer dessa nossa trilha do conhecimento, não encontro palavras para lhe dizer quanto me deu firmeza para minha carência de companhia amável e gentil; e, por que não dizer, foi uma das mais ricas oportunidades que tive, por conta de meu desejo de expandir as ideias, talvez sem valor para as pessoas que são diferentes de você, garoto, que me assistiu todo este tempo sem reclamar, atitude de um menino educado. Me oferecendo toda a confiança de que eu precisava num encanto que me sensibilizou e fez de mim um homem cheio de motivação para terminar aqui, pensando em me ajustar mentalmente e continuar com essa obsessão de encontrar a resposta para essa pergunta que mora dentro de mim. *Tenho certeza de que é uma pausa, e depois vou seguir com essa teimosia de um velho que deveria estar descansando; prefiro dar conta de tudo que me vem à mente; se vou agradar as pessoas, eu não sei, questiono a busca da resposta, como interpretar com clareza e leveza, entendendo o ser humano para não me constranger e seguir na paz comigo e poder fazer desse trajeto uma bela pausa, esperando o reencontro [eu não sei, mas o destino saberá].*

E o menino diz ao velho:

— Quem disse que vou me separar de você? Seja qual for sua decisão, seguirei você! Nunca te falei de como foram meus primeiros anos de vida... E não havia como falar, ainda não tinha entendido o que estava fora de mim, era um sentimento de quem via um mundo escuro, não existia chama de entusiasmo! O pensamento era singelo; ao te conhecer, abriu-se o meu ser, que estava adormecido, me dando voz e argumentos, e aos poucos foi despertando interiormente os meus sentidos, que se protegiam querendo não me assustar com a perversidade que existe escondida atrás das cortinas e do medo da cena seguinte! Mas agora, nesta altura do aprendizado que tive, posso falar e sentir ao mesmo tempo o que antes era pesadelo ou um esconderijo sem direção para um garoto que trazia consigo a cicatriz de um passado pequeno dentro do tempo, mas superlongo para uma criança, sem distração e nada de um olhar que pudesse animar e passar uma mensagem de proteção, aquele olhar de uma mãe incentivando um envolvimento com carinho, estruturando uma boa base psíquica, definindo o controle emocional de uma criança. Fazendo do ser criança um humano que possa discernir o que o futuro espera dele. Isso tudo que te revelei é para você, Jonatas! Todo esse crescimento veio de você! Aquele personagem apagado, sem luz, aparece agora se destacando e brilhando como as estrelas do céu, que nunca venceremos na contagem e no brilho, mas, graças à boa vontade de alguém, somos semelhantes e temos o privilégio de mudar o personagem, fazendo o cintilar das estrelas no palco, exibindo charme e beleza, trazendo para a plateia alegria, e cada expectador com seu sorriso despertando sonhos e enchendo os

corações como jardins enfeitando as manhãs de primavera: este foi o resultado do respeito que teve por mim... Saí do casulo, e hoje me encontro igual a uma borboleta que teve a calma necessária para nascer na hora certa, e lutar com paciência... Essa pausa de Jonatas e do garoto trouxe um sentimento de angústia pela possibilidade da separação, sem que imaginassem o tempo necessário para abastecer novas energias e reiniciar a luta que ambos nutrem na alma, acreditando que podem salvar o mundo...

CAPÍTULO 3

ENCONTRO DE IDEIAS

Após alguns meses caminhando, encontrando muitos desafios e aprendizados pelo caminho, Jonatas e o garoto tornaram mais satisfatória sua busca na vontade de mudar um mundo, tendo a companhia um do outro nessa longa jornada... Aproximaram-se do céu através do encontro deles com as noites, em céu aberto sob a luz da lua e das estrelas, transformando-os em poetas recitando belas poesias e melodias...

Empolgado com tudo que aconteceu e estava acontecendo, Jonatas teve uma ideia, e nada o impediria de realizá-la. Disse ao seu fiel companheiro:

— Garoto, e se arranjarmos algumas pessoas voluntárias que tenham uma certa idade para nos ajudar a cultivar sementes que futuramente se transformarão em ações?!

O menino, curioso sobre o que ouvia, disse:

— Como iremos fazer isso?

· Jonatas, empolgado, falou:

— Veja se concorda comigo: vamos arranjar um local, um lugar que seja província divina, não iremos escolher, pois sei que Deus colocará esse lugar em nosso caminho... Iremos apenas nos informar sobre lugares que estejam disponíveis!

E lá foram Jonatas e o garoto igual mestre e aprendiz... Ambos carregam uma grande ansiedade, já imaginando como seria ver suas sementes germinando para fora da terra. Em um pequeno vilarejo próximo de onde seguiram, chegaram lá e havia algumas pessoas por ali, e por acaso passou uma moça por eles e fez um gesto de cumprimento; Jonatas a cumprimentou de volta e lhe perguntou:

— Olá, moça. Eu e meu jovem amigo estamos à procura de um terreno onde possamos criar uma plantação. Precisamos de uma terra fértil para que nossas sementes possam ser multiplicadas. Essas sementes darão flores perfumadas e frutos saborosos para que o mundo possa apreciá-las... Pelo que podemos perceber, ele está com um nível de poluição muito grande, são muitos materiais mal utilizados que são descartados em lugares errados! Agora já se ultrapassaram todos os limites, já não aguentamos mais, chegou o momento em que o universo não vai poder mais suportar essa carga de poluição que afeta nossas almas... Esse é o motivo desse recanto que busco para fazer encontros dinâmicos e que poderá salvar vidas... Nesse lugar começaremos com a base do educar para cuidar e conscientizar as crianças de que a vida é provida dos efeitos da natureza. A criança deve ser compreendida pelos adultos, e é preciso educá-la para que faça parte de tudo que está em sua volta; como entender as palavras, se não vê exemplo? Elas não têm como aprender! É um erro querer doutrinar alguém para rezar se você nunca fez uma oração. Veja a realidade de nossos adolescentes: se encontram uma planta florida enfeitando a rua, eles a destroem, sem o menor constrangimento; para que não haja comentários desagradáveis dirigidos a eles, a escola e a família precisam atuar com mais atenção, enquanto o adolescente deve aprender que a natureza é para ser cuidada com dedicação. Dependemos de tudo que ela produz! Se você não destruir, já está fazendo o bastante, servindo de proteção da ecologia — é desse indivíduo que a natureza está carente! Junto de você, moça, vamos verificar se possuímos inteligência suficiente para começar a dialogar e achar um senso comum, e reiniciar essa obra que faz parte de nós. Somos três guerreiros na direção de algo inimaginável na cabeça de muitas pessoas, pois isso exige de cada um uma parcela de boa vontade de sermos úteis numa transformação de conduta; isso é uma briga violenta neste período que vivemos, as pessoas de todos os níveis se encontram na banalidade, só querendo mais para si, comercializando até o próprio corpo. Perdoe minha analogia, estão fazendo o mesmo com a floresta, sendo um

O VELHO SÁBIO

desagravo cruel furtar as matas, esquecendo-se de que isso volta para a humanidade... Em resumo, é esse o meu entendimento de estar procurando me unir positivamente com pessoas como você!

Depois de ouvir com atenção tudo o que o velho lhe disse, essa moça, que se chamava Zélia, decidiu se apresentar contando um pouco de sua história:

— Eu me conheci amando a vida, sempre sem saber que poderia ser tão maravilhosa! E as dificuldades ainda não existiam, minha inocência de criança adorava o cenário daquele sítio que se encontrava com um riacho, às vezes ia lavar o coador, mas, enquanto admirava a tranquilidade das águas junto da correnteza e suas águas batiam quase na margem dos rios, dava para entender que as correntezas passavam uma por cima da outra, e espirravam pingos de água como se fossem peixinhos pulando para sentir o calor do sol, pois o verde da margem impedia de avistar o brilho do dia! A dúvida era se eu ou os peixinhos que não sabiam que ali refletia o azul anil do céu e o verde da esperança, que supre nossa saúde e nos contagia. Tudo em volta era colorido, os ninhos dos pássaros, e o milharal de onde eu fazia suas bonecas... As espigas de milho eram debulhadas no quintal para as galinhas e eram socadas nos pilões para fazer farinha. As espigas que tinham bastante cabelo eu colhia escondida, amarrava com a própria palha e saía uma boneca de verdade... Os ninhos com os filhotinhos eram retirados e serviam de "bebês" para a brincadeira... Quando chegavam visitas a cavalo, os animais eram amarrados no mourão, eu não aguentava e já dizia para minha irmã para ajudar a montar no cavalo, e ela sempre duvidava se eu seria capaz de pegar um pêssego passando a galope debaixo do pessegueiro. Em uma dessas vezes, tentei pegar o pêssego, mas o cavalo foi muito rápido e me jogou no chão... Eram coisas de criança, por aí se vê a inocência de crianças dessa idade. Fui crescendo e me tornando adulta, me achava capaz de realizar todas as tarefas que me eram dadas, "vai buscar o cavalo, vai chamar a comadre, faz o café..."

. Jonatas diz:

— Ouvir você contar a fase de sua infância deixou meu coração afetuoso coberto de emoção, sua fala relatando a riqueza de seu magnífico espaço, teve todos os privilégios, os quais lhe proporcionaram firmeza e atitudes despojadas em vir reforçar comigo esse projeto que carrego em pensamento e não posso perdê-lo! Agora que você já nos contou sua estória, gostaríamos de nos sentar num lugar fresco, como numa cachoeira com suas águas se jogando com espumas brancas igual geleiras, e os ruídos chua, chua, chua, e nossa conversa se mistura com essa satisfação, como essas águas que levam todos os sentimentos que não têm a ver com nossa forma de pensar. Gostaríamos de ser leves como o vento, que pode até nos levar às alturas, pois a alma, quando está em liberdade, é como pássaro em busca do céu, voa até chegar e volta para seu ninho pegando folhas e ramos, protegendo seus filhinhos. Assim é o prazer que experimentamos, e a paz para falar de cada um de nós aqui e agora deixando a verdade da vida fluir e a mente trazer com fidelidade o que nos foi gratuito... Seremos como as três caravelas que chegaram aqui em terras brasileiras, a diferença é que elas vieram em busca de espaço e à procura de riquezas como madeiras e bens materiais, e nós estamos querendo que a vida seja mais igualitária, e que as pessoas saibam que daqui levamos apenas o espírito, mas é importante cuidar da mente para a satisfação de ter clareza, saber distinguir o amor e o ódio, cuidar com carinho para espalhar a paz que existe dentro de cada um. Precisamos acrescentar e oferecer, temos que receber para doar...

Jonatas e o garoto já estavam recebendo uma graça em conhecer aquela pessoa compromissada, que, além de oferecer o terreno, sugeriu também sua colaboração voluntária; ela mesma deu uma ideia de colocar uma placa que diria "Aqui, se você gosta de viver, venha me auxiliar nesta obra que Jesus me enviou em pensamento como um milagre", com a intenção de curar, com palavras de boa-vontade, a mente de quem ainda não encontrou um motivo para viver e não sabe entender as mensagens que espiritualmente todos têm, o dom da mágica divina... Vamos sem preconceito e sem marcar pessoas, protegendo com escola e saúde, uma coletividade de ajustes sem ambição para não diminuir o ser humano. Nós somos capazes de reverter qualquer dificuldade e achar soluções como seres inteligentes, usar discernimento para reconstruir um povo de mente sadia. Em poucas palavras, eu diria "velho sábio arrojado", que se apresenta espiritualmente muito perto de Deus pelo mundo que deseja...